La métamorphose

FichesdeLecture.com

La métamorphose
(Fiche de lecture)

I. INTRODUCTION

La Métamorphose est une nouvelle de Franz Kafka, écrite en 1912. L'écrivain n'a que 29 ans à l'époque, et il travaille comme simple fonctionnaire à Prague.

Il s'agit de l'une des œuvres les plus connues de l'écrivain, malgré sa brièveté. Car c'est sur une centaine de pages environ que Kafka développe l'histoire de Gregor, un personnage qui se réveille un matin transformé en insecte géant.

Malgré la simplicité apparente du thème et de l'écriture, le récit est l'un des plus énigmatiques de l'auteur, et développe une dimension de l'absurde teintée de réalisme, à partir d'un élément proche du fantastique.

II. RÉSUMÉ DE L'ŒUVRE

Gregor Samsa se réveille un matin et découvre qu'il s'est inexplicablement transformé en une sorte d'insecte géant, après s'être aperçu qu'il n'a pas entendu son réveil et qu'il est très en retard pour son travail.

Ses parents et sa sœur Grete tentent de le réveiller pour qu'il se rende au travail, surtout dans la mesure où toute la famille dépend de ses revenus pour vivre. Mais Gregor reste enfermé, piégé dans son corps d'insecte qu'il ne veut pas que l'on découvre. Il reste sourd aux membres de sa famille qui le pressent d'ouvrir sa porte.

Lorsqu'un employé de son entreprise se présente chez lui pour demander des explications sur son absence, Gregor doit faire un immense effort pour ouvrir la porte de sa chambre et se montrer ; et il n'obtempère qu'après que le greffier l'ait poussé à bout en critiquant son comportement et en lui rappelant sa position. La vision du vendeur transformé en insecte fait reculer l'émissaire de l'entreprise dans les escaliers et plonge la famille de Gregor en état de choc.

Bien plus que les autres membres de la famille, Grete gère toute la situation de manière pragmatique. Ainsi, Gregor est nourri (ce qui n'est pas facile, car ses goûts en matière de nourriture et de boisson ont évolué de manière drastique, à l'image du lait qu'il ne peut plus boire), et sa chambre nettoyée, afin notamment qu'il puisse grimper le long des murs, une activité qu'il apprécie énormément depuis sa transformation. Mais rapidement, la situation économique rattrape l'ensemble de la famille, et tous les trois doivent trouver un travail ; dès lors, l'attention portée à Gregor diminue, sauf lorsqu'il sort de sa chambre.

Personne ne semble se faire à la situation, ni même comprendre que malgré son apparence, Gregor pense et ressent encore comme un être humain. Il est d'ailleurs enfermé et caché par sa famille, qui craint qu'on ne le découvre. Personne ne lui parle directement, et il en est réduit à écouter les conversations à travers sa porte, fermée à clef de l'extérieur. Pourtant, Gregor ressent beaucoup plus de culpabilité que de ressentiment envers ses proches, car il se sent coupable dès qu'il entend parler d'argent et du fait qu'il ne soutient plus sa famille financièrement.

Rapidement, la situation dégénère, puisque la seule vue de l'insecte aggrave la santé de sa mère et provoque des accès de violence chez son père, car aucun des deux ne peut échapper aux sentiments de peur et de dégoût que l'apparence de leur fils suscite. L'une des crises de son père l'amène à gravement blesser Gregor.

Négligé et isolé, Gregor commence à dépérir seul dans sa chambre. Sa famille commence même à utiliser sa chambre comme garde-meubles, après avoir trouvé de nouveaux locataires pour une partie de l'appartement, un moyen de pallier le manque à gagner. La vie de Gregor devient un enfer, car il n'a plus de place, et il cesse presque entièrement de s'alimenter.

Néanmoins, le soir, la famille laisse la porte de Gregor légèrement ouverte, afin qu'il participe à sa manière à la vie de la maison. Mais un jour, les locataires entendent Grete faire du violon et lui demandent de bien vouloir venir jouer dans le salon. La jeune femme accepte ; mais la musique touche tellement Gregor qu'il se faufile dans le salon en direction de sa sœur, afin de lui montrer à quel point il admire et supporte son talent.

Lorsque les locataires le voient, ils décident de ne pas payer les Samsa. Cet évènement est la goutte d'eau qui fait déborder le vase pour sa famille ; Grete elle-même pense qu'il faut tuer ou expulser son frère. Tout le monde

est d'accord avec elle, y compris Gregor qui la comprend intérieurement ;
il meurt quelques heures plus tard, dans sa chambre.

La famille est à la fois soulagée et attristée. Ils ont l'impression d'avoir
un futur devant eux ; on évoque même le mariage de Grete.

III. PRÉSENTATION DES PROTAGONISTES

Gregor Samsa

Le principal protagoniste de l'histoire est un jeune vendeur qui déteste
son emploi, mais qui est obligé de le garder pour pouvoir subvenir aux
besoins de sa famille, en particulier pour payer les dettes de son père.
Il devient ainsi l'unique source de revenus de sa famille.

Gregor a beau mépriser et haïr son travail, il est très fier d'aider son père,
sa mère et sa sœur Grete, qui mènent grâce à lui une existence paisible
dans un bel appartement. Un rêve secret reste ancré dans un coin de sa
tête, celui de pouvoir envoyer sa sœur Grete au conservatoire, afin qu'elle
y étudie le violon.

Le fait d'être brutalement transformé en insecte géant un matin bou-
leverse donc les perspectives de Gregor. Il ne parvient pas à se faire à cette
métamorphose, et ressent en permanence un sentiment de culpabilité lié
à sa nouvelle incapacité à subvenir à sa famille. Il doit lutter contre ces
nouvelles émotions en permanence, d'autant que non seulement elles
contredisent ses désirs d'humain, mais en plus elles lui rappellent ses besoins
d'insecte et l'horreur de sa situation (ainsi que son caractère inéluctable).

Les rôles s'inversent, puisque bien qu'il soit libéré d'un emploi qu'il
n'aimait pas, Gregor doit désormais assumer d'être un fardeau pour ses
proches, et de rester enfermé dans sa chambre. Désormais, il vit solitaire et
négligé, et devient pour Kafka l'incarnation de l'être humain opprimé par le
capitalisme et aliéné vis-à-vis de son travail, de sa famille et de lui-même.

Grete

Grete est la sœur cadette de Gregor, dont elle est proche depuis toujours. Avant sa transformation, elle incarne parfaitement la petite sœur
dévouée et aimante. Elle réagit de manière pratique à la situation, en s'assu-
rant que son frère, même s'il s'est transformé en insecte, est bien nourri et

soigné (en lui nettoyant sa chambre, par exemple). Se pose alors la question de savoir si elle aide véritablement son frère tel qu'il est désormais, ou si elle chérit un souvenir, une sorte de fantôme de son image passée. En tout cas, le personnage de Grete contraste avec l'incapacité de ses parents à gérer la nouvelle nature de Gregor.

Mais le temps passe, et elle aussi finit par voir son intérêt décroître envers lui. Elle finit par le délaisser. Au final, alors qu'elle se souciait vraiment de son frère, c'est elle qui finit par déclarer que la famille doit se débarrasser de lui, car elle estime qu'il ne reviendra pas à une forme humaine.

Monsieur Samsa

Le père de Gregor reste marqué par sa faillite professionnelle. Après avoir beaucoup travaillé, cet échec l'a rendu fainéant et dépourvu de toute motivation, à tel point que son fils doit gagner tout seul l'argent nécessaire à la famille.

Lorsque son fils est métamorphosé en insecte, cela réveille paradoxalement en lui une motivation qu'il avait perdue, puisqu'il est obligé de retravailler, ce qui lui redonne confiance en lui-même. Mais en même temps, ses crises de violence, dues au fait qu'il ne supporte pas la vue de Gregor en insecte, font qu'il blesse son fils d'une manière permanente et profonde.

Madame Samsa

La mère de Gregor est quelqu'un de faible. Physiquement, mais aussi mentalement, puisqu'elle apparaît comme la personne qui souffre le plus de la situation de son fils.

C'est pourquoi en dépit de tout l'amour qu'elle porte à Gregor, Madame Samsa voit sa santé décliner d'une manière drastique à chaque fois qu'elle porte le regard sur son fils transformé en insecte. Grete et M. Samsa se montrant très protecteurs vis-à-vis d'elle, ils en viennent tous les deux à développer un ressentiment certain envers le jeune homme.

Comme les autres, Madame Samsa doit aller au travail. Malgré ses réactions choquées ou maladives, elle reste quelqu'un de très calme et discret, qui fait toujours ce qu'on lui dit. D'ailleurs, on n'apprend rien de ses opinions propres sur ce qui arrive à la famille, et sa personnalité reste sous l'égide de l'autorité de son mari.

IV. ANALYSE DE L'ŒUVRE

Un ordre narratif surprenant

De nombreux commentateurs de l'œuvre de Kafka ont souligné le fait que *La Métamorphose* commence par l'évènement qui, traditionnellement, devrait être le point culminant de la nouvelle. En effet, la métamorphose d'un personnage, ou du moins ses transformations majeures, est souvent le moment pivot d'une fiction.

Ici, rien de tel : la situation nous est exposée dans les premières phrases comme un coup de tonnerre, c'est-à-dire sans effets d'attente, de suspense particulier ou d'indices visant à faire grimper la tension dramatique. Mais ce choix permet aussi à Kafka de jouer sur l'absence de surprise pour la suite des évènements : d'une certaine manière, tout indique le trajet de déchéance que va emprunter Gregor, vers l'oubli puis la mort.

La multiplicité des lectures

De nombreuses interprétations sont possibles, et les commentateurs comme les lecteurs n'ont jamais cessé de proposer des lectures de l'œuvre. On peut citer les psychanalystes, les marxistes, les biographes de Kafka...

Un ouvrage de Stanley Corngold, intitulé *The Commentators' Despair*, a relevé plus de cent trente interprétations !

Cela souligne à quel point la force de la nouvelle se concentre dans sa capacité à être lue à différents niveaux. Certains ont avancé le fait que la transformation de Gregor pourrait être symbolique et représenter le vide et l'absence de sens de l'existence du protagoniste, son côté marginal aussi (comme un insecte de la société, en quelque sorte). D'autres ont émis l'idée que ce serait un symbole de la dégradation de l'existence des hommes contemporains.

Des interprétations plus personnelles ont été avancées, en relation avec Kafka lui-même. D'un point de vue psychanalytique, l'insecte pourrait exprimer la piètre opinion que l'écrivain avait de lui-même, qui découlerait du mépris de son père. Cela constitue une interprétation plus freudienne que sociale.

Enfin, on peut aussi lire (parmi de multiples possibilités) l'histoire comme une allégorie de l'isolement et de l'échec.

Ce ne sont bien sûr que des pistes, visant à souligner la richesse de la nouvelle en matière d'interprétation. Derrière la simplicité du récit, de nombreuses thèses sont possibles.

L'aliénation économique

Un thème important de la nouvelle est l'aliénation de Gregor, qui est piégé dans un travail et une existence qu'il exècre, uniquement parce qu'il est la source principale de revenus pour sa famille. Le problème est que c'est finalement ainsi que ses proches le regardent, et non plus comme un être humain.

La métamorphose du protagoniste confirme cette idée, puisque dès l'instant où il ne peut plus travailler, on le repousse et on le néglige. Puis ses parents et sa sœur travaillent eux aussi, et l'on voit dès ce moment à quel point la communication se dégrade dans le foyer, entre repas silencieux et disputes.

Kafka avance une thèse importante dans sa nouvelle, puisqu'elle paraît indiquer que les travaux inhumains (ou déshumanisants) et l'épuisement, combinés au fait que les gens n'ont plus de valeur que par ce qu'ils gagnent, finissent par créer une société de personnes isolées les unes des autres, et incapables désormais d'entretenir des relations véritablement humaines.

Devoir familial, identité individuelle

Gregor doit se recréer une identité, dès lors qu'il a subi sa transformation.

En effet, à l'origine, il est très lié par son sens du devoir familial : nous l'avons vu, il s'oblige à travailler pour le reste de sa famille, en particulier pour rembourser les dettes de son père. Ce thème souligne à quel point il vit pour les autres, pour leurs besoins, et non pas pour lui-même ; mais cela dépasse chez lui le simple sens du devoir.

À l'inverse, lorsque sa famille s'occupe de lui une fois transformé en insecte, on voit bien que pour elle, ce n'est que du devoir, et rien d'autre. Gregor faisait partie de la famille, mais désormais on ne fait pour lui que le strict nécessaire, en le maintenant enfermé dans sa chambre et en lui amenant de quoi manger. Nous sommes bien loin du fils de famille qui rêvait de payer le Conservatoire à sa sœur (ce qui est éloigné de la notion de pur besoin).

Une fois isolé et délaissé, Gregor ne peut donc plus fonder son identité sur son passé et le fait qu'il ramenait de l'argent pour tout le foyer.

Abandonner ce rôle est pratiquement impossible pour lui ; faute de pouvoir aider sa famille financièrement, il fait de son mieux pour ne pas les déranger. C'est d'ailleurs le maximum qu'il puisse faire en matière de devoir familial. De plus, bien que ses commentaires soient souvent désabusés lorsqu'il évoque le comportement de ses proches, il ne se permet jamais de reconnaître ouvertement son amertume.

Il fait attendre la fin de la nouvelle pour que Gregor parvienne à s'échapper de cette obligation d'effacement pour les autres qu'il s'imposait à lui-même. Il comprend que sa famille l'a négligé ; et s'il n'a pas trouvé sa nouvelle identité, force est de rappeler qu'il n'en avait presque pas dès le début.

Dans la même collection en numérique

Escadrille 80

Inconnu à cette adresse

La controverse de Valladolid

Les Vilains petits canards

Une partie de campagne

Cahier d'un retour au pays natal

Dora Bruder

L'Enfant et la rivière

Moderato Cantabile

Alice au pays des merveilles

Le faucon déniché

Une vie

Chronique des Indiens Guayaki

Je voudrais que quelqu'un m'attende quelque part

La nuit de Valognes

Œdipe

Disparition Programmée

Education européenne

L'auberge rouge

L'Illiade

Le voyage de Monsieur Perrichon

Lucrèce Borgia

Paul et Virginie

Ursule Mirouët

Discours sur les fondements de l'inégalité

L'adversaire

La petite Fadette

La prochaine fois

Le blé en herbe

Le Mystère de la Chambre Jaune

Les Hauts des Hurlevent

Les perses

Mondo et autres histoires

Vingt mille lieues sous les mers

99 francs

Arria Marcella

Chante Luna

Emile, ou de l'éducation

Histoires extraordinaires

L'homme invisible

La bibliothécaire

La cicatrice

La croix des pauvres

La fille du capitaine

Le Crime de l'Orient-Express

Le Faucon malté

Le hussard sur le toit

Le Livre dont vous êtes la victime

Les cinq écus de Bretagne

No pasarán, le jeu

Quand j'avais cinq ans je m'ai tué

Si tu veux être mon amie

Tristan et Iseult

Une bouteille dans la mer de Gaza

Cent ans de solitude

Contes à l'envers

Contes et nouvelles en vers

Dalva

Jean de Florette

L'homme qui voulait être heureux

L'île mystérieuse

La Dame aux camélias

La petite sirène

La planète des singes

La Religieuse

1984 A l'Ouest rien de nouveau

Aliocha

Andromaque

Au bonheur des dames

Bel ami

Bérénice

Caligula

Cannibale

Carmen

Chronique d'une mort annoncée
Contes des frères Grimm
Cyrano de Bergerac
Des souris et des hommes
Deux ans de vacances
Dom Juan
Electre
En attendant Godot
Enfance
Eugénie Grandet
Fahrenheit 451
Fin de partie
Frankenstein
Gargantua
Germinal
Hamlet
Horace
Huis Clos
Jacques le fataliste
Jane Eyre
Knock
L'homme qui rit
La Bête humaine
La Cantatrice Chauve
La chartreuse de Parme
La cousine Bette
La Curée
La Farce de Maitre Pathelin
La ferme des animaux
La guerre de Troie n'aura pas lieu
La leçon
La Machine Infernale
La métamorphose
La mort du roi Tsongor
La nuit des temps
La nuit du renard
La Parure

La peau de chagrin
La Petite Fille de Monsieur Linh
La Photo qui tue
La Plage d'Ostende
La princesse de Clèves
La promesse de l'aube
La Vénus d'Ille
La vie devant soi
L'alchimiste
L'Amant
L'Ami retrouvé
L'appel de la forêt
L'assassin habite au 21
L'assommoir
L'attentat
L'attrape-coeurs
Le Bal
Le Barbier de Séville
Le Bourgeois Gentilhomme
Le Capitaine Fracasse
Le chat noir
Le chien des Baskerville
Le Cid
Le Colonel Chabert
Le Comte de Monte-Cristo
Le dernier jour d'un condamné
Le diable au corps
Le Grand Meaulnes
Le Grand Troupeau
Le Horla
Le jeu de l'amour et du hasard
Le Joueur d'échecs
Le Lion
Le liseur
Le malade imaginaire
Le Mariage de Figaro
Le meilleur des mondes

Le Monde comme il va

Le Parfum

Le Passeur

Le Petit Prince

Le pianiste

Le Prince

Le Roman de la momie

Le Roman de Renart

Le Rouge et le Noir

Le Soleil des Scortas

Le Tartuffe

Le vieux qui lisait des romans d'amour

L'Ecole des Femmes

L'Ecume Des Jours

Les Bonnes

Les Caprices de Marianne

Les cerfs-volants de Kaboul

Les contes de la Bécasse

Les dix petits nègres

Les femmes savantes

Les fourberies de Scapin

Les Justes

Les Lettres Persanes

Les liaisons dangereuses

Les Métamorphoses

Les Mouches

Les Trois mousquetaires

L'étrange cas du Dr Jekyll et de Mr Hyde

L'Ile Au Trésor

L'île des esclaves

L'illusion comique

L'Ingénu

L'Odyssée

L'Ombre du vent

Lorenzaccio

Madame Bovary

Manon Lescaut

Micromégas
Mon ami Frédéric
Mon bel oranger
Nana
Ne tirez pas sur l'oiseau moqueur
Notre-Dame de Paris
Oliver twist
On ne badine pas avec l'amour
Oscar et la dame rose
Pantagruel
Le Misanthrope
Perceval ou le conte du Graal
Phèdre
Ravage
Roméo et Juliette
Ruy Blas
Sa Majesté des Mouches
Si c'est un homme
Stupeur et tremblements
Supplément au voyage de Bougainville
Tanguy
Thérèse Desqueyroux
Thérèse Raquin
Ubu Roi
Un Barrage contre le Pacifique
Un long dimanche de fiançailles
Un secret
Vendredi ou la vie sauvage
Vipère au poing
Voyage au bout de la nuit
Voyage au centre de la terre
Yvain ou le Chevalier au lion
Zadig

À propos de la collection

La série FichesdeLecture.com offre des contenus éducatifs aux étudiants et aux professeurs tels que : des résumés, des analyses littéraires, des questionnaires et des commentaires sur la littérature moderne et classique. Nos documents sont prévus comme des compléments à la lecture des oeuvres originales et aide les étudiants à comprendre la littérature.

Fondé en 2001, notre site FichesdeLectures.com s'est développé très rapidement et propose désormais plus de 2500 documents directement téléchargeables en ligne, devenant ainsi le premier site d'analyses littéraires en ligne de langue française.

FichesdeLecture est partenaire du Ministère de l'Education du Luxembourg depuis 2009.

Plus d'informations sur www.fichesdelecture.com

ISBN: 978-2-511-02912-1

Notes :